Ist okay. Wirklich. Ist okay.
Ich habe ein paar Fehler gemacht. Ich geb's zu. Diese Finanztransaktionen sind sehr kompliziert. Deshalb haben Sie mich ja engagiert. Das kann ja nicht jeder.
Sie offenbar auch nicht.
Es ist schwierig. Einige wenige kleine Fehler in einer Reihe unglaublich komplexer Vorgänge.
Das Geld ist sicher. Wir haben es durchs System geschleust.
Sie haben alles gefährdet.
Mr. Hawkwood, bitte, es ist alles okay. Man müsste ein Genie sein, um die winzigen Abweichungen in den letzten Transaktionen zu finden…
Sie wagen es, meinen Namen laut auszusprechen?

Sie haben
mein Geschäft
gefährdet. Unser
Geld.
Sie haben
die Zukunft
riskiert.

Ich bin
SICHTBAR
geworden.

I-i-i-ich
kann verstehen,
dass Ihnen das
nicht behagt.
Hahaha.
Ha.

He.
Sehr
gut.
Sehr
mutig.

Stimmt. Mein letzter Einsatz an der Front hat mein Aussehen nicht verbessert. Trotz allerhand Orden und acht Schönheitsoperationen… in der Zeitung war ich nie.
Dass mich die vom MI5 -- ausgerechnet die! -- beim SAS rekrutiert haben… Ich sehe nun wirklich nicht aus wie ein Spion, oder?
Ich bin viel zu auffällig für den Job.

Manche Abteilungen des MI5 finden ja, dass ihre Agenten nicht auffallen sollten.
Aber wenn ich nur im Dunkeln arbeite, ist es egal, wenn ich aussehe wie ein Sack Scheiße.

Ein grobes Werkzeug des Staates, das nur nachts benutzt wird.
Niemand durfte je von Eidolon erfahren.

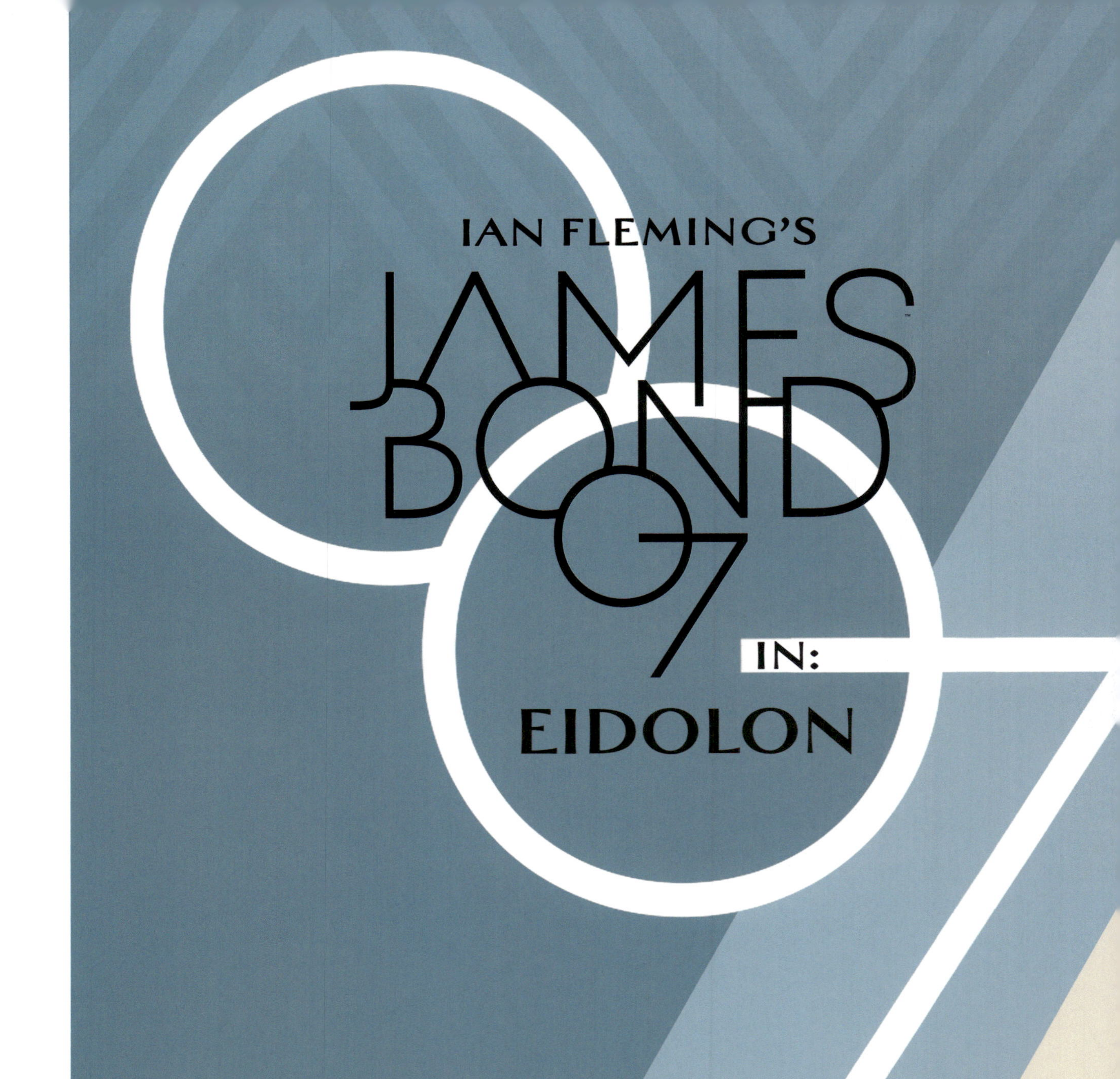
IAN FLEMING'S
JAMES BOND 007
IN:
EIDOLON

SPLITTER Verlag
1. Auflage 03/2017 · © Splitter Verlag GmbH & Co. KG · Bielefeld 2017
Aus dem Amerikanischen von Bernd Kronsbein
JAMES BOND: EIDOLON

Bearbeitung: Gerlinde Althoff und Anne Thies
Lettering: Heidrun Imo · Covergestaltung: Dirk Schulz · Herstellung: Horst Gotta
Druck und buchbinderische Verarbeitung: AUMÜLLER Druck / CONZELLA Verlagsbuchbinderei
Alle deutschen Rechte vorbehalten · Printed in Germany · ISBN: 978-3-95839-397-4
Von diesem Buch ist außerdem eine auf 1007 Exemplare limitierte Sonderausgabe erhältlich · ISBN: 978-3-95839-269-4

www.DYNAMITE.com

JAMES BOND wurde von IAN FLEMING erdacht

STORY:
WARREN ELLIS

ZEICHNUNGEN:
JASON MASTERS

FARBEN:
GUY MAJOR

COVERILLUSTRATION:
DOM REARDON

HERAUSGEBER:
JOSEPH RYBANDT
REDAKTEUR:
ANTHONY MARQUES
REDAKTIONELLE BERATUNG:
MICHAEL LAKE

DESIGN:
CATHLEEN HEARD
LOGO UND UMSCHLAGGESTALTUNG:
RIAN HUGHES

BESONDERER DANK AN:
JOSEPHINE LANE, CORINNE TURNER, UND DIGGORY LAYCOCK BEI DER IAN FLEMING PUBLICATIONS LTD. UND JONNY GELLER BEI CURTIS BROWN

kapitel sieben

Heft #7 Cover von **DOM REARDON**

WHITEHALL, LONDON

Sir Stephen Mackmain ist da.
Rein mit ihm.

John. Danke, dass Sie mich reingequetscht haben.
Ich bin Unterstaatssekretär, kein verdammter Zahnarzt, Stephen. Auch der Chef des MI5 kann nicht einfach ohne Anmeldung reinschneien.

Oh. *Ihr* Zahnarzt hat immer Zeit für Sie?
Natürlich. Ich bin Unterstaatssekretär. Gott fragt mich per Mail um Erlaubnis, wenn er aufs Klo muss. Was wollen Sie, Stephen?

Sie haben Einfluss auf das Geheim-dienstkomitee und den Geheimdienst-Commissioner. Und es steht eine Über-prüfung der »Hard Rule« an.

Ihr Kollege vom MI6 hat ein paar überzeugende Gründe dafür, sie aufzuheben.
Das glaub ich gern. M möchte, dass seine Leute mit Kanonen herum-rennen, das hat gute Gründe.
Aber keiner dieser Gründe hat etwas mit der Sicherheit inner-halb des Landes zu tun.

Ich brauche mehr Freunde im Komitee und mehr Druck auf den Commissioner.
Das ist ein Thema, das--
Es ist ganz einfach. Der MI5 ist für die innere Sicherheit zuständig…

… und der MI6 für Auslandsspionage. Wer im Ausland tätig ist, darf im Inland keine Waffen tragen. Das betrifft die innere Sicherheit, und das ist meine Sache.
Es ist einfach zu gefährlich. Beson-ders wenn man an solche Cowboys denkt wie--

Arrivals
Car Rental
Toilets
Info
Check in
Food
LOS ANGELES INTERNATIONAL AIRPORT

James.
BRADLEY
A29
A30
TOM BRADLEY
Felix Leiter. Wieso wartest ausgerechnet du am LAX auf mich?
Betrachte es als sehr leisen Empfang. Schön, dich zu sehen.

Und jetzt weiß ich auch, warum die CIA dich wieder eingestellt hat. Ist die Prothese von Kurjak?

Das Bein auch. Aber ich hörte, dass ich in Zukunft Probleme mit der Garantie kriegen könnte.
Vielen Dank.
Tut mir leid.

Ich bin nicht nachtragend. Ich erzähle ja auch keinem, dass du dafür verantwortlich bist, dass ich von einem Hai angeknabbert wurde.
Das stimmt nicht.
Wieso bist du hier, Felix?
Wir wissen, was du vorhast.

Tatsache.
Du ziehst eine Agentin des diplomatischen Flügels im MI6 von ihrem Posten im türkischen Konsulat in LA ab.
Wir sind die CIA, James.

Ja, ihr seid was Besonderes.
Ihre sichere Verbindung wurde gehackt. Wir nehmen an, dass ihre Tarnung aufgeflogen ist, also setze ich sie ins nächste Flugzeug, bevor der Millî İstihbarat Teşkilâtı sich einmischt.

Wir nennen den türkischen Nachrichtendienst MIT.
Wieso? Ihr habt ein MIT in Massachusetts.
Meinst du, wir könnten sie verwechseln?
Ihr seid die CIA, Felix.

Du bist ja so originell.
Wir arbeiten recht eng mit dem MIT zusammen und möchten, dass sie dabei sind.
Bist du hier, um die Sache abzublasen?

Nein. Damit es geräuscharm läuft. Nimm.
Ihr habt mich in Heathrow überwacht und eine passende Tasche besorgt? Die sind teuer, weißt du? Die Reißverschlussanhänger sind Steine aus dem Lhasa-Fluss in Tibet.

Wissen wir. Du kaufst doch keine billige Tasche in der Mall.
Ich habe deine gefälschten Papiere im britischen Konsulat abgeholt und etwas Kleidung eingepackt. Und eine Waffe und Munition. Aber es wäre uns lieber, wenn du sie nicht benutzt.

BOWLAND
Vehicle Rental
Die Waffe habt aber nicht ihr ausgesucht, oder? Ich hasse die Glock 17.
Keine Bange. Ich habe deine Mädchenpistole besorgt.
Hätte ich bloß nie erlaubt, dass du mit Q in diesem Jazzklub was trinken gehst.
Mach es kurz und schmerzlos. Ohne Theater.
Da ist auch eine Flasche Blanton's Bourbon drin. Hat mich gefreut, James.
Gleichfalls. Bis dann.

Sehr gut. Ziel erreicht.
Trotzdem… Wenn es bloß eine richtige Stadt wäre und nicht zwölf Käffer, die man mit tausend Meilen Straße zusammengeklebt hat.
TURKISH CONSULATE

Hat fast zwei Stunden gedauert vom LAX bis hierher…
ONE WAY
6300

Gleich werden wir sehen, ob sie die übliche Mittagsroute nimmt. Sonst könnte es etwas stressig werden.

Kann es sein, dass Sie Cadence Birdwhistle heißen?

Ich bin beschäftigt. Und meine Kollegen sind groß und haben Waffen.
Ja. Wirklich. Bitte fahren Sie weiter.
Nein. Wirklich.
Ich gehöre zur 00-Abteilung.

Oh.

Cadence Birdwhistle?
Ja.
James Bond. Sie wurden enttarnt. Ich bin hier, um Sie nach Hause zu bringen. Sofort.

Äh. Ich muss packen.
Darum kümmert sich ein Hausmeister, sobald Sie das Land verlassen haben. Steigen Sie ein.
Und mein Pass? Meine Kredit-karten?

Miss Birdwhistle, bitte steigen Sie ein. Es ist für alles gesorgt. Wir müssen zum Flughafen.
Ich arbeite im türkischen Konsulat. Ich bin nur eine Buch-halterin. Glauben Sie, der MIT hetzt ein Killer-kommando auf eine Buchhalterin?

STOP

Ja, das tue ich. Einsteigen.

Ffff...

AGH!

Soysuz pezevenk--

Geri bas!

NGH...

AAAAA

Still jetzt.

Glock.

Die hatten CIA-Waffen. Ich bin gespannt, was mein Freund Felix dazu sagen wird.
Frisch ausge-stellte Ausweise vom türkischen Konsulat. Die haben da nur kurz haltgemacht, um ihre Tarnung zu holen, dann kamen sie zu Ihnen.

Was zum Teufel geht denn hier vor?
Der Millî İstihbarat Teşkilâtı hat Sie enttarnt. Wir konnten Sie nicht kontaktieren, weil Ihre sichere Verbindung gehackt wurde. Ich sollte Sie rausholen, bevor Sie erwischt werden.
Woran haben Sie gearbeitet? Sie haben irgendwo Alarm ausgelöst.

Ich bin Wirtschaftsprüferin. Ich sollte inoffizielle Geldbewegungen untersuchen.
Ja, ich habe verdächtige Dinge gefunden, aber ich glaube nicht, dass es ausreicht, um ein vierköpfiges Killer-Team aus der Türkei loszuschicken.

Sorry, aber ich kann nicht anders. Birdwhistle?
Nur damit Sie es wissen, das ist ein alter englischer Name. Wahrscheinlich sind nicht mal mehr ein Dutzend Birdwhistles übrig. »Birtwhistle« ist die geläufigere Form.
Tut mir leid, dass es nicht so lahm wie »Bond« ist.

Und was haben Sie gefunden?
Beweise für eine Reihe versteckter Transaktionen. Ein Büro des MIT in der Türkei hat Geld verschoben. Vermutlich wusste der Rest des MIT nichts davon.
Sie schleusten Beträge durch das Konsulat, mithilfe von Strohfirmen, die Varianten des Namens »Eidolon« trugen.

Wohin geschleust?
England.
Ruhe. Ich muss mich konzentrieren. Ich will meine Systeme von hier aus sperren und das ist schwierig.

Verdammt.

Hier ist Tanner. Ich höre.
007. Es gab Feindkontakt. Erbitte Schildprotokoll bei Rückkehr.

Jawohl. Ist das Paket heil?
Bis jetzt. Fahre jetzt zur Bushaltestelle.

Leeren Sie Ihre Taschen. Sie kennen die Regel.
Bin dabei. Dann bis bald.

Sie werfen eine geladene Waffe in eine Mülltonne?
Wir sind in Amerika. Ich hab keine Zeit, sie einem Kind oder einem Geistesgestörten zu geben. Also lasse ich sie dort, wo sie sie finden können.

Was ist das denn?
Das ist unsere Ausfahrt. Die Straße zum LAX.

LAX ist geschlossen. Bomben-drohung.
Bis morgen geht kein Flug.

Jetzt sitzen wir in LA fest. Ohne Waffen.
Sollen wir zurück zur Mülltonne fahren?

kapitel acht

Heft #8 Cover von **DOM REARDON**

SHIMMER
HOTEL
SHIMMER
HOTEL

SHIMMER
HOTEL

Willkommen im Shimmer Los Angeles. Ich bin gleich für Sie da.
Danke. Ich bin Mr. Vauxhall aus London, der Cousin eines hiesigen Bauunternehmers. Wir haben eine VIP-Reservierung.

Oh, okay.
Verstehe. Wie lange?

Eine Nacht. Zwei Personen.
Gepäck?
Meins ist im Wagen. Sie hat keins.

Wir können ein durchschnittliches Reise-Set für sie zusammenstellen. Waffen inklusive?
Nein. Das Auto draußen muss gesäubert werden.
Wir kümmern uns drum.

Zimmer 610. Sie müssen es sich teilen.
SHIMMER HOTEL
Enjoy your stay with
Wir werden es überleben.
Der Manager meldet sich in Kürze. Willkommen zurück, 007.

Was war das gerade?
Jeder weiß, wo unsere Botschaften und Büros sind. Also haben wir ein paar inoffizielle Anlaufstellen.
Willkommen im MI6-Safehouse in Los Angeles.

Okay, ich glaube, fürs Erste sind wir sicher, Miss Birdwhistle.

Cadence?
Hm?
Oh. Okay. Gut.

Möchten Sie ein Glas Bourbon?
Ich mag keinen Whisky, Mr. Bond.
Der hier könnte Sie umstimmen. Und bitte… Ich heiße James.

Danke, Mr. Bond.
Und… Danke für vorhin. Ohne Sie wäre ich tot.

Man sagte mir, dass die Arbeit in der Diplomatischen Abteilung sicherer wäre, als Reisen mit dem Flugzeug oder in der Bank von England tätig zu sein.
Es war immer von Langeweile die Rede. Unfass-bar, oder?
Angst wurde nie erwähnt.

Das schmeckt widerlich. Gibt es noch was Anderes?
Ich kann Ihnen etwas beim Zimmerservice bestellen.

Das dürfen wir? Wirklich?
Natürlich. Schließlich müssen wir auf dem Zimmer bleiben.

Wir sollten uns über die Schlafmodalitäten unterhalten. Welche Seite vom Bett möchten Sie?
Oh, sehr originell, Mr. Bond.
Ich bin mir ziemlich sicher, dass ich ein Sofa gesehen habe.

Da werden Sie es aber sehr unbequem haben.
Geistreich, Mr. Bond. Sehr geistreich.

Sie müssen sich entspannen. Und wir sollten überzeugende Hotelgäste abgeben.
Meinen Sie, ich muss mit Ihnen ins Bett, weil Sie mich gerettet haben?
Aber nein. Mein Befehl lautet, für Ihren Schutz und Ihr Wohlergehen zu sorgen.

Das ist ein Komplett-service.
Und sehr diskret. Um nicht zu sagen: Streng geheim.
Und wir können uns alles bestellen?
Ja. Was hätten Sie gern, Cadence?

Ich hätte gern Champagner. Und zwei Gürtel.
Gürtel?
Ja. Schließlich sind all meine Utensilien in meiner Wohnung.

Und ich bevorzuge weiterhin ***Miss Birdwhistle***.

Kommen Sie. Zimmerservice.
Darf ich kurz mal »Aua« sagen?
Haben Sie schon was von diesem Mist getrunken?
Nein.

Wir sind spät dran.
Das klingt, als wäre es meine Schuld.
Sie waren länger im Bad als die Schauspiele-rinnen, die ich kenne.

Oh Gott, ich hätte nicht ans Bad denken dürfen. Ich muss mal…
Das geht doch auch im Flug-zeug.

So lange kann ich aber nicht warten.
Unfassbar. Hab ich vor der Abfahrt nicht gesagt, gehen Sie noch mal aufs--
Behandeln Sie mich nicht wie ein Kind. Mein Gehirn ist achtmal so groß wie Ihres. Sagen Sie mir einfach, wo ich pieseln kann.

Wir gehen in die Business Lounge.
Aber wagen Sie es ja nicht, noch einen halben Liter Kaffee in sich reinzuschütten, bevor wir an Bord gehen.

Nachrichten
Felix Leiter
Was soll das?
Wer waren die?
CIA.
Ich glaube, ich gehe im Flugzeug pieseln.
Sehr gut.

Ich bin Chambers. Vom Büro. Folgen Sie mir, wir gehen direkt zu einem Privatausgang.
Das Schild-protokoll ist in Kraft?
Wie gewünscht.

Was haben wir während des Fluges verpasst?
Es gibt eine zwischen-dienstliche… Störung. Zwei tote CIA-Agenten in einem Aufzug im LAX.
»Störung« klingt ziemlich harmlos.
Nichts daran ist harmlos. Die Cousins wollen Ihren Kopf auf einem Pfahl sehen und M denkt darüber nach, einen zu schnitzen.

Mist. Verzeihen Sie.

Nachrichten
Was soll das?
Wir haben das nicht angeordnet. Ich weiß auch nicht, was los ist.

Rufen Sie im Büro an. Leiter ist ebenso perplex wie ich.

Besorgen Sie mir einen Computer.
Menschen kann man täuschen. Menschen lügen. Aber Geld sagt immer die Wahrheit.

Also direkt nach Vauxhall Cross?
Ich halte jedenfalls nicht für einen kleinen Imbiss.
Oder Pinkelpausen, Miss Birdwhistle.

Ich hab jetzt ein Trauma, wenn ich aufs Klo muss.
Und das ist furchtbar, denn wenn ich Stress hab, muss ich pieseln.
Ich könnte ebenso gut hier und jetzt den Löffel abgeben.

Tut mir leid, mir schwirrt jedes Mal der Kopf, wenn Sie »pieseln« sagen.
Sie sollten froh sein, dass ich letzte Nacht meine Utensilien nicht bei mir hatte.

Tief durch-atmen, Cadence.
Was?

Nein.

Hundert Meter weiter beginnt das öffentliche Verkehrsnetz. Zu riskant.
Verdammt.

... Wieso leben wir noch?
Ich habe das Schildprotokoll verlangt... einen gepanzerten Wagen für eine massive Bedrohungslage.
Das ist ein Mercedes S 600 Guard. Fast unzerstörbar.

Haben Sie sie gesehen?
Zwei Männer mit Masken, die C8-Sturmgewehre mit Granatwerfern benutzt haben.
Das ist interessant.

Dachte ich mir.
Flughäfen und Autos... echt eine Zumutung.

Miss Birdwhistles erste Einsatz-nachbespre-chung, Sir.

Wie geht's ihr? Hat sie die körperlichen und seelischen Schäden überstanden, die 24 Stunden an der Seite von 007 mit sich bringen?

Offen gesagt, ihr geht es ver-mutlich besser als mir, Sir.
Mein Respekt vor der Diplomati-schen Abteilung ist gehörig gestiegen.

Hm.
Berichten Sie mir von der Auseinandersetzung in Heathrow.

Zwei-Mann-Team. Angriff aus der Deckung.
Ich konnte ihre Ausrüstung erkennen. C8 Carbine Sturmgewehre mit L17A1 Anbaugranatwerfern.

C8 und UGL. Das benutzen der SAS und der SBS. Eigentlich nur die Special Forces des Vereinigten Königreichs.
Die Richtung gefällt mir gar nicht.

Wieso haben sie sich zurückgezogen, als Sie die öffentliche Straße erreichten? Um Kollateralschaden zu vermeiden?

Wäre ein seltsamer Grund, das Attentat abzubrechen.
Eigentlich klingt das alles verrückt. Leiter beharrt darauf, dass es nicht die CIA war, die am LAX zwei Leute auf uns angesetzt hat.
Also... Was wissen wir?

Birdwhistles Tarnung ist aufgeflogen. Sie wurde erwischt, als sie den Verbleib von Schwarzgeld untersuchte, das auf Geheiß des MIT durch Los Angeles geschleust wurde.
Der MIT will sie töten. Bond soll sie abziehen und die CIA will das verhindern.

In Heathrow findet ein dritter Angriff statt. Von Leuten, die SAS- oder SBS-Waffen benutzen.
Die CIA-Agenten hatten keinen Einsatzbefehl. Und die MIT-Männer?
Wissen wir nicht.
Also könnten wir es mit abtrünnigen Agenten von zwei verschiedenen Nachrichtendiensten zu tun haben.

Ich frage mich, was den MIT dazu bringt, Birdwhistle töten zu wollen?
War es die Entdeckung des Schwarzgelds? Oder die Entdeckung, dass ein Teil davon bei Unbekannten in England landete?

Ich frage mich, ob wir wirklich den MI5 bitten müssen, Birdwhistle zu beschützen, wegen der--
-- Hard Rule. Der MI6 darf in England keine Waffen tragen.
Wessen Idee war das?

Der Chef des MI5 hat es durchgeboxt. Sie meinen, dass die Leute vom Auslandsnachrichtendienst auf ihrem Territorium nicht mit Waffen rumlaufen sollten.
Und woher hat der MI5 die Security-Leute und Einsatzagenten?
Fallschirmjäger. Special Boat Service. Special Air Service.

… SAS und SBS.
Zwei wurmstichige Geheimdienste. Einer davon schleust Schwarzgeld nach England.
Und dank des MI5 dürfen wir seit Monaten keine Waffen mehr im Inland tragen.

Dieses Wort »Eidolon«, das in den Namen der Strohfirmen auftaucht… Weiß keiner hier, was ein »Eidolon« ist?

Moneypenny. Geben Sie mir den Premierminister.
Gentlemen, »Eidolon« ist ein anderes Wort für Geist.
Oder »Spectre«.

Ich rufe Downing Street gleich an, Sir. Aber… hier ist eine Agentin des MI5, die Sie unbedingt sprechen möchte…

kapitel neun

Heft #9 Cover von **DOM REARDON**

Eve Sharma, Sir. Einsatzleiterin des MI5.

Danke. Das wäre alles, Moneypenny.
Wenn Sie meinen.

Darf ich vorstellen: Mr. Tanner, mein Stabschef.
Und soweit es dieses Meeting betrifft, ist dieser Mann für Sie 007.

Ich weiß, wer er ist.

Was wollen Sie, Miss Sharma?

Das ist ganz einfach, Sir.
Ein Attentat auf zwei MI6-Agenten am Flughafen London Heathrow ist eine Angelegenheit der Inneren Sicherheit.

Also für den MI5, nicht den MI6.

Wir können und werden uns darum kümmern, Miss Sharma.

Bei allem Respekt, Sir.
Die Untersuchung des Tatorts hat ergeben, dass Mr. Bonds Fahrzeug mit einem UGL angegriffen wurde, der an eine Special Forces-Waffe montiert war.

Ach.

Sir, Ihnen ist doch klar, dass wir uns mit dieser Sache…
… befassen müssen.

Kann ich Ihnen helfen?

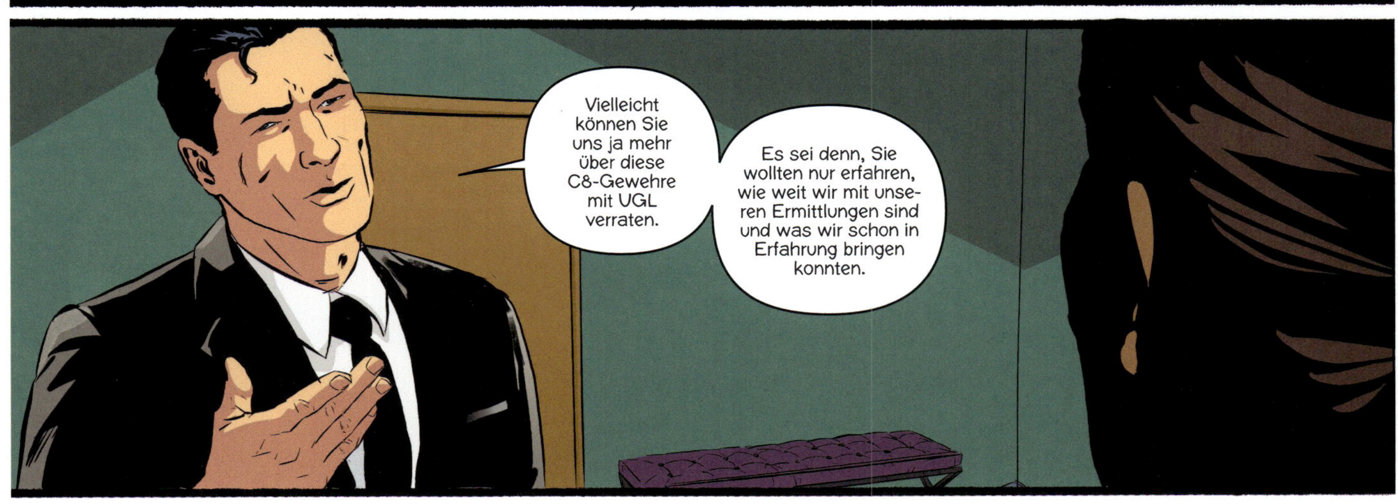
Vielleicht können Sie uns ja mehr über diese C8-Gewehre mit UGL verraten.
Es sei denn, Sie wollten nur erfahren, wie weit wir mit unseren Ermittlungen sind und was wir schon in Erfahrung bringen konnten.

Idioten.
Sie brauchen uns. *Mich*.

Etwas mehr Abstand von Ms Schreibtisch, Miss Sharma.

Gut. Aber eins sollten Sie wissen… Ich habe mich mit Sir Stephen Mackmain persönlich angelegt. Er wollte nicht, dass ich herkomme.
Aber der MI5 sollte sich um dieses unerhörte Attentat auf Ihre Agenten kümmern und jede Unterstützung anbieten.
Der Schutzauftrag des MI5 gilt auch für Auslandsagenten. Ich will nur meinen Job machen.

Danke fürs Kommen.

Mr. Tanner?

Was haben Sie da?
Bill, bitte.
Könnte sich das mal ein Security-Spezialist ansehen?

Ich habe eine Zahlungskette nach-verfolgt, und hinter einer Firewall ist eine Tranche, die ich mir gern mal ansehen würde.
Ich kriege es vielleicht selbst raus, aber wenn ich jeman-den sprechen könnte…?

Miss Birdwhistle, Sie arbeiten nicht mehr für eine ferne Botschaft oder im eigenen Wohn-zimmer. Wir sind in Vauxhall Cross.
Ja, Bill Tanner hier. Ich brauche in fünf Minuten ein Angriffsteam der I-Abteilung und in zehn eine Arbeits-gruppe.

Britannien mag zwar nicht mehr über die Meere herrschen und wir sind wohl auch kein weltumspannendes Imperium mehr, aber der MI6 ist Weltmeister darin, Verbrechen zu verüben und Leuten Albträume zu bescheren.

GRRR.

Das ist MI5-Security.
Können Sie das knacken?

Schon passiert.
Der MI5 ist recht gut, aber wir rekonstruieren Dokumente aufgrund der Anschlaggeräusche von alten Schreibmaschinen im Keller des Kremls.

Miss Birdwhistle? Sie können loslegen.
Danke. Ich muss nur einen Blick--

... da.
Hab die Mistkerle.

Wow. Ist es das, wofür ich es halte?
Oh ja.
Diese Transaktions-kette... Wahnsinn. Wie haben Sie das bloß gemacht? Und da am Ende...
Oh ja.

Es war der letzte Teil dieser speziellen Tranche. Und er wurde durch eine Finanz-Software-Instanz auf einer versteckten Partition eines MI5-Servers geschleust.
Geht das auch für Laien, Miss Birdwhistle?

Das Geld wird, sagen wir… verkleidet… und durch MI5-Kanäle zu etwas geschleust, das Kriegsreserveflotte heißt.
Die Kriegs-reserveflotte? Das ist ein Märchen.

Ganz im Gegenteil, Mr. Tanner. Unter-schätzen Sie nie die Eigenarten dieses Landes.

Wovon redet er?
Vom Box Tunnel. Einer geheimen unterirdischen Stadt.

Ein Labyrinth unter einem Hügel und einem Steinbruch, verwaltet vom MI5, mit Akten, Computern und der Kriegsreserveflotte.
Eine Flotte von Dampflokomotiven, die man für den Fall eines Atomangriffs dort auf-bewahrt hat.

Denn die von Atom-explosionen verursachten eletromagnetischen Impulse hätten unser elektrisches Eisenbahnsystem lahmgelegt.
Sehr gut.
Nach dem 3. Weltkrieg wäre die Dampfmaschine also wieder die maßgebliche Technologie gewesen.

Aber soweit ich weiß, wurde der Box Tunnel vor Jahren verschlossen und aufgegeben.
Kurz hinter Chippenham, 007. Von hier zwei Stunden mit dem Auto, wenn die M4 nicht völlig verstopft ist.
Vielleicht sollten Sie sich mal ansehen, was heute dort aufbewahrt wird.

Sie möchten, dass ich in eine Anlage des MI5 einbreche? Soll ich mir unterwegs eine Wasserpistole kaufen? Eine Erbsenpistole?

Nein. Sie suchen zuerst Major Boothroyd auf.
Sie bekommen keine Hilfe und haben keine Papiere dabei. Diese Operation findet gar nicht statt.
Ich befinde mich mit No. 10 noch in Gesprächen über die Hard Rule, und ich werde nicht so offenkundig die Gesetze missachten.

Trotzdem müssen wir unseren Job erledigen. Also lassen Sie sich von Q ausstatten.
Sir.

Das ist das Richtige. Smith & Wesson .500.
Auf 100 Meter zerfetzt die einem Nashorn den Bauch.

Nur das Übliche, bitte.
Wie wär's mit ein, zwei kleinen Granaten?

Sie wollen mich in Versuchung führen, Q.
Und eine Zweitwaffe? Etwas Solides wäre angebracht.
Ich hatte früher mal einen .32 Colt Police Positive. Hatte ich nachts unter dem Kissen.

Einen Revolver! Sehr vernünftig. Solide! Einfach. Pur.

Uberti 1873 Cattleman Short Stroke CMS Pro. Extrem schneller Hammer, Kaliber 45.
Sie kommen doch klar mit etwas so Männlichem wie einem .45, oder?

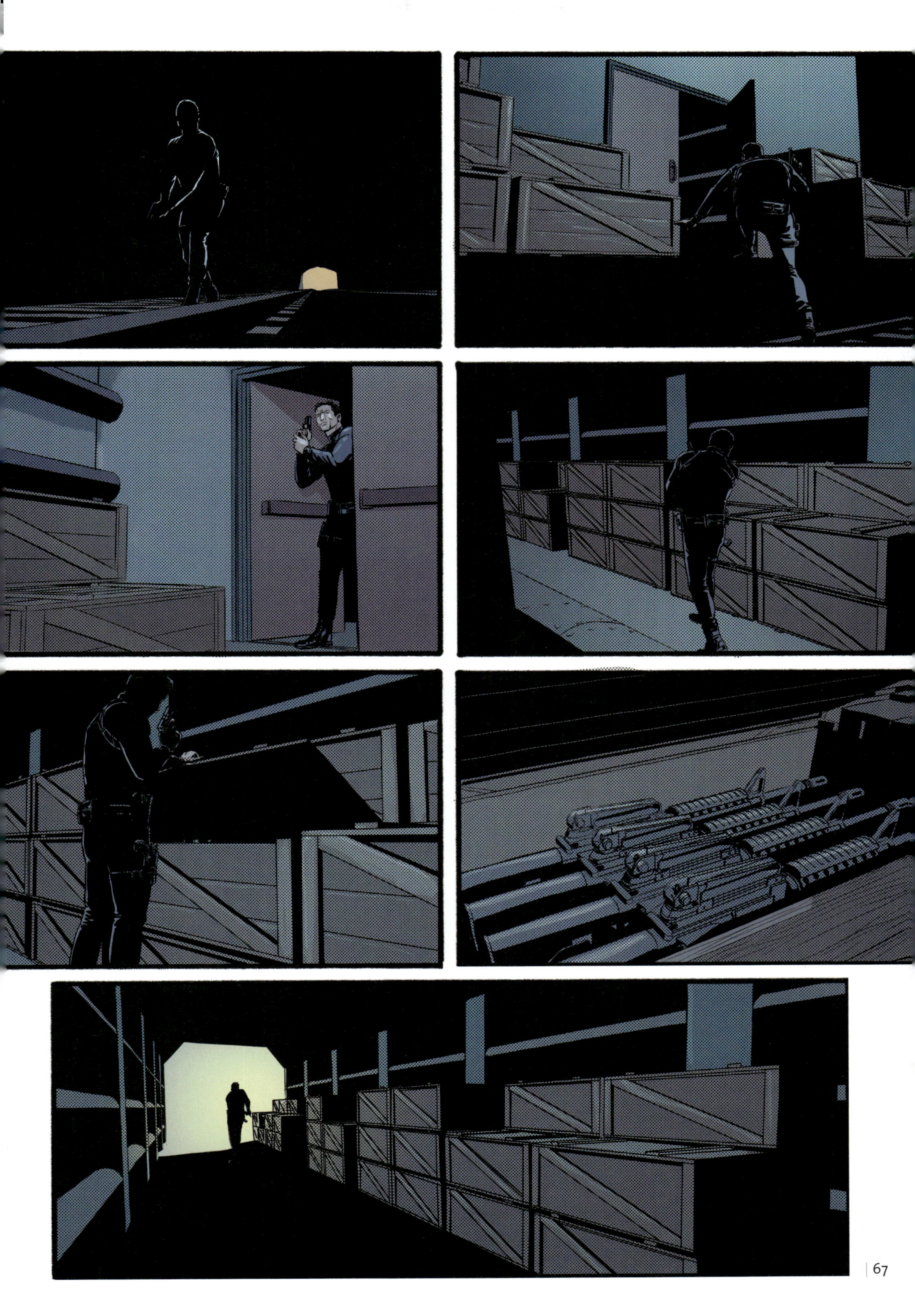

Nein. Sie arbeiten FÜR mich, nicht MIT mir. Sie kriegen Lohn, keinen Anteil.
Wir -- Mr. Cullen und ich -- sind Eidolon. Sie sind Angestellte. Und Angestellte bekommen keine Anteile.

Ich dachte, das wäre ein richtiges Geschäft. Sie sprachen von einer Investition.

Aber nicht davon, den Laden zu verschenken.

Das Personal ist auch nicht mehr das, was es mal war.

Es ist wie bei jedem Job als Freischaffender. Wer gute Arbeit macht, wird nicht vergessen.
Ach, seien Sie still, Cullen…

Hey.
Wir haben Besuch.

Ich will die Leiche sehen.
Dafür gibt's einen Bonus.

Oi! Hier drüben, Arschloch!

Yeah? Gefällt dir das, du beschissener Stalker? Komm nur her!

Ich sagte, komm HER. Wichser.
Hilft mir eigentlich einer oder mach ich das ganz allein hier?

Scheiße.

kapitel zehn

Heft #10 Cover von **DOM REARDON**

Das Scheißteil zieht nach rechts.
Boothroyd, verdammt!
Wo ist meine richtige Waffe?

Ich hab vier von fünf erwischt.
Komm raus, komm raus, wo immer du bist!
Wurde auch Zeit. Ich bin verletzt! Und die Ballerei in diesem Dreckloch hat mich fast taub gemacht.
Ich konnte die Blutung stoppen, aber ich muss ins Krankenhaus, bevor ich mein Bein verliere.

Nein.

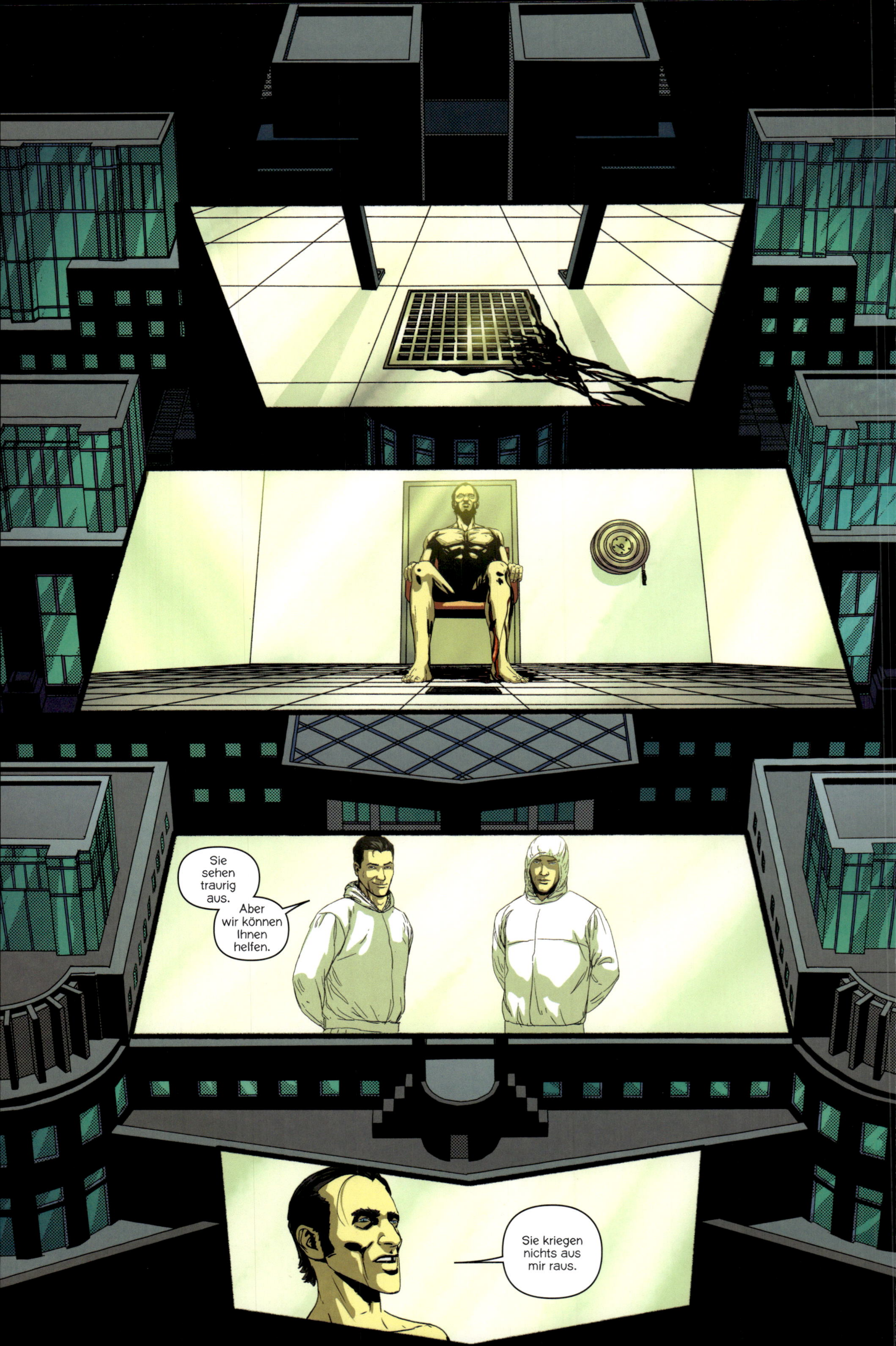
Sie sehen traurig aus.
Aber wir können Ihnen helfen.
Sie kriegen nichts aus mir raus.

Sag
niemals
nie.

Außerdem haben wir schon recht viel aus Ihnen rausbekommen, durch das Loch in Ihrem Bein. Bestimmt 'nen halben Liter…
Eher ein ganzer.
Ich bin darauf trainiert, Folter auszuhalten. Mich bringt keiner zum Reden.

Folter funktioniert nicht. Das weiß doch jeder.
AAAUU
Käme uns nie in den Sinn.

Wir werden Sie häuten und machen uns hübsche, chamoisfarbene Lederlappen, mit denen wir unsere Autos polieren.
Ich mag Autos.

Ich habe einen Bentley.

Nun?
Eidolon…

… ist ein System von Agenten, zurückgelassen von SPECTRE.
Kann mir das jemand erklären?

Nach dem Krieg hatten wir das auch. Zur Vorsicht, etwa für den Fall, dass Italien wieder faschistisch wird.
Geheime Gruppen und Materiallager. Ihre Aufgabe bestand darin, Verbindungen zu knüpfen und abzuwarten.

Wir haben SPECTRE besiegt. Aber sie haben vorgesorgt.
Isolierte SPECTRE-Agenten, die darauf warten, dass sich eine Gelegenheit ergibt, den Status quo zu kippen.

Vier-Mann-Zellen, weltweit untergebracht in Nachrichtendiensten. Zum Beispiel in der Türkei und den USA.
Tss. Ich hab immer noch Blut unter den Nägeln.
Wer sind die Eidolon-Agenten in England?

Gareth Cullen, der Mann, den wir verhört haben. Er hat nur einen der anderen verraten, dann brauchten wir einen Arzt.
Beckett Hawkwood.

Guter Gott.
Beckett Hawkwod ist ein Kriegsheld. Ein guter Soldat.

Und ein MI5-Killer.
Er und sein kleiner Freund waren es, die uns in Heathrow töten wollten.

Eine Eidolon-Zelle innerhalb des MI5 befindet sich im Krieg mit dem MI6, und zu dieser Zelle gehört einer der besten Soldaten der Welt.
Nun gut. Nehmen wir Kontakt mit der CIA und dem MIT auf. Geben wir ihnen die Aufnahme des Verhörs und Miss Birdwhistles Erkenntnisse. So entschärfen wir wenigstens die internationale Konfliktsituation.

Ich möchte, dass Sie über folgendes nachdenken…
SPECTRE war ein kommerzielles Gebilde. Denen ging's um Geld. Eine Rebellenmiliz ist nicht ihr Stil.
Was also will Eidolon?

Woodford Reserve Double Oaked.
Möchten Sie noch was dazu?
Ja. Mehr Woodford Reserve Double Oaked.

Soll ich Ihnen vielleicht eine Shisha geben? Statt der Zigarette?
Kein Bedarf, danke.

Schade. Dann muss ich mich damit begnügen, Ihnen eine Zigarette zu stehlen.

… sollen wir das draußen erledigen? Wo keine Leute sind?
Gern, Mr. Bond. Gern.

Sie stalken mich? Reizend.
Bilden Sie sich nichts ein. Und stalken ist nicht witzig.
Ich wollte ein inoffizielles Gespräch.

Ich glaube, der MI5 wurde unter-wandert.

Ach.
Spielen Sie nicht den Blöden, Bond. Das liegt Ihnen nicht.
Ich sollte eigentlich unser bestes Einsatzteam leiten, aber irgendwer im MI5 arbeitet gegen mich.

Seit einem Jahr werde ich ständig blockiert oder in die Irre geführt, bei allen möglichen Jobs. Jobs, die unschuldige Menschen schützen sollen, vergessen Sie das nicht.
Ich musste mich mit dem Chef anlegen, um an den Heathrow-Fall zu kommen. Norma-lerweise hätte ich ihn direkt kriegen müssen.
Irgendwas stimmt nicht in meinem Laden. Das wollte ich Ihnen heute sagen, ohne dass es jemand erfährt.

Sie meinen es wirklich ernst, ja?
Ich hasse diese Vorgehensweise… aber ich muss wissen, was hier läuft, Bond.
Ich will behilflich sein.

Box Tunnel ist aufgeflogen.
Wir haben Material, Geld und Männer verloren. Wir wurden enttarnt...

... und das gefällt mir nicht.

Wir haben noch viele andere Mittel.
Beschleunigen wir also den Zeitplan.

Wie wäre es, wenn wir all das morgen beenden und die Kontrolle über den Markt übernehmen?
Schon besser.

Sie wollen doch nicht springen, oder?

Man hat mir befohlen, zu einer Besprechung mit dem Geheimdienst-Commissioner im Safehouse India Uniform Lima zu kommen.
Das gilt auch für Sir Stephen Mackmain, den Chef des MI5.

Verstehe.
Wirklich? Es geht um die Hard Rule. Die ich, ohne Wissen des Commissioners oder des MI5, bereits gebrochen habe.
Und Sie glauben, deshalb wurde die Besprechung anberaumt?

Ja.
Aber…
Das sehe ich auch so. Sir, dürften Bill und ich die Vorbereitungen für Ihre Autofahrt treffen?

Wer sind die?
SO15-Beamte. Das Anti-Terror-Kommando des Metropolitan Police Service in London.

Der Commissioner erwartet Sie, Sir. Im Wohnzimmer.
Vielen Dank.

Mr. Commissioner.
M. Sir Stephen kennen Sie ja.

Allerdings.
Darf ich vorstellen? Miss Moneypenny, meine persönliche Assistentin, und Miss Birdwhistle aus unserer Diplomatischen Abteilung.

Wofür brauchen Sie die, M? Ich dachte, das wäre ein sachliches Gespräch unter Kollegen?
Hm.

Miss Birdwhistle.
Sir.

Mr. Commissioner, ich bin hier, um Ihnen Beweise vorzulegen, dass der MI5 von einer Zelle zurückgelassener Agenten der Verbrecher-organisation SPECTRE infiltriert wurde.
Diese Zelle, Eidolon genannt, hat bereits zweimal versucht, mich zu töten.

Ich glaube nicht--
Der zweite Versuch fand auf britischem Boden statt, wo der MI6 keine Mittel hat, sich zu wehren.
Das zweite Attentat wurde mit Sturmgewehren und Granatwerfern der Special Forces verübt.

Ich habe hier--
Oh nein, ich glaube wirklich nicht--

Mackmain.

Ich habe hier eine Aufstellung geheimer Geldtransfers zwischen Eidolon-Zellen.
Auf der ersten Seite sehen Sie die Transaktionskette, die über MI5-Server lief, um ein Waffendepot im Box Tunnel, einer Einrichtung des MI5, aufzubauen.

Hören Sie, eine Einsatzleiterin hat sich bereit erklärt, Ihr Büro aufzusuchen und Ihnen mitzuteilen, dass der MI5 den Vorfall untersucht und Ihnen Schutz anbietet.

Im Box Tunnel wurde einer unserer Leute von Gareth Cullen unter Beschuss genommen, einem Einsatzleiter des MI5, den wir in Gewahrsam nehmen konnten.
Cullen bestätigte später, dass er sowohl dort als auch beim Heathrow-Attentat die Hilfe des MI5-Agenten Beckett Hawkwood hatte.

Sie haben die Beweise, die Berichte und die Zeitabläufe vorliegen, Mr. Commissioner.

Wenn das stimmen sollte, fällt es eindeutig in die Zuständigkeit der Inneren Sicherheit.

Und wir sollen uns bei dieser Ermittlung auf den Schutz des MI5 verlassen?
Mr. Commissioner, Eidolon operiert in dezentralen Vier-Mann-Zellen. Und wir kennen bisher nur zwei Namen.
Es wäre Selbstmord, uns unter den Schutz des MI5 zu begeben.

Es wäre sowohl illegal als auch undemokratisch, wenn der MI6 mit Waffen rumlaufen dürfte. Der MI6 ist ein Auslandsdienst.

Mr. Commissioner, will die Regierung wirklich, dass sich der MI6 nicht verteidigen darf?
Um eine kriminelle Zelle zu bekämpfen, müssen wir uns also des Mordes schuldig machen?

Und Sie können das belegen?
Es ist alles da. Lassen Sie es begutachten. Ich stehe zu meiner Untersuchung.
Ich bin deswegen dreimal fast gestorben.

Dreimal?
Ja, Sir.

Sie sind eine bemerkenswerte Frau.
Ja, Sir.

Sir Stephen.
Sieht aus, als hätten Sie sich nicht gerade mit Ruhm bekleckert.

Geben Sie mir die Unterlagen und ich sorge dafür, dass diese angebliche Infiltration innerhalb einer Woche vom Tisch ist.
Oh, die bekommen sie. Denn Sie werden diesen Schlamassel in Ordnung bringen.
Und danach gibt es eine umfangreiche Untersuchung.

Vielleicht sollten Sie in den Ruhestand gehen und Ihr Buch schreiben.

Hm.
Ruhestand, das klingt nett, nicht wahr?

Das reicht.

Ich nehme an, wir haben die anderen beiden Mitglieder der hiesigen Eidolon-Zelle gefunden.
Es ist vorbei, Mackmain. Was soll das alles?

Was das soll?
Es geht um Geld und Eigentum.
SPECTRE ist eine kommerzielle Organisation. Und wir planen langfristig.

Wir haben Agenten in Nachrichtendiensten platziert und Geld und Material ange-sammelt-- für den Tag, an dem SPECTRE zurückkehrt.

Wir haben gewartet, wie die Welt sich entwickeln würde.
Auf den Tag, an dem SPECTRE die innere und äußere Sicherheit für große Teile der Welt an-bieten könnte.
Man kann viel Geld damit verdienen, die Welt vor sich selbst zu schützen.

Die SO15-Leute sind ausge-schaltet.
Mein Team hat das Gebäude gesichert.

Gut.
Sehr gut.
Jetzt ist alles vorbei.

kapitel elf

Heft #11 Cover von **DOM REARDON**

M. Ich bin
Beckett
Hawkwood.

Ehrlich gesagt, Sie überraschen mich.
Ihre persönliche Assistentin fährt Sie her. Ganz ohne Security-Team. Ohne angemessenen Konvoi.
Ich hätte eine Macht-demonstration erwartet.

Bei einem Meeting mit dem Commissioner taucht man nicht mit Wachen auf.
Ich wollte niemanden beunruhigen.

Und Moneypenny hat mich nicht herge-fahren.

Wer sind die?
SO15-Beamte. Das Anti-Terror-Kommando des Metropolitan Police Service in London.
Ich hoffe, ich irre mich, aber würden Sie bitte meiner Waffe einen Schalldämpfer aufsetzen?
Kein Problem. Ich hoffe nur, dass eine zusätzliche Waffe reicht, wenn die Sache schiefgeht, Miss Sharma.
Eve.
Moneypenny. Jeder nennt mich Moneypenny.

POLICE

POLICE

Sehr schön. Sehr professionell.
Team Bravo, Bericht.

Sie wissen Bescheid. Gut aufpassen. Morgen ist Zahltag.
Sehr gut, Sir. Vielen Dank, Sir.

Endlich mal ein vernünftiger Job, was?
Allerdings. Ich dachte schon, ich müsste das Haus meiner Schwägerin streichen, um meine Miete bezahlen zu können.

Hi.

Ich glaube, der MI5 wurde unterwandert.

Ach.
Spielen Sie nicht den Blöden, Bond. Das liegt Ihnen nicht.
Ich sollte eigentlich unser bestes Einsatz-team leiten, aber irgendwer im MI5 arbeitet gegen mich.

Seit einem Jahr werde ich ständig blockiert oder in die Irre geführt, bei allen möglichen Jobs. Jobs, die unschuldige Menschen schützen sollen, vergessen Sie das nicht.
Ich musste mich mit dem Chef anlegen, um an den Heathrow-Fall zu kommen. Normaler-weise hätte ich ihn direkt kriegen müssen.
Irgendwas stimmt nicht in meinem Laden. Das wollte ich Ihnen heute sagen, ohne dass es jemand erfährt.

Sie meinen es wirklich ernst, ja?
Ich hasse diese Vorgehensweise… aber ich muss wissen, was hier läuft, Bond.
Ich will behilflich sein.

Okay, wenn Sie es ernst meinen.
Gareth Cullen und Beckett Hawkwood sind MI5-Agenten, richtig?

… ja?
Cullen und Hawkwood arbeiten für SPECTRE. Genauer, für EIDOLON, einem Netz von Agenten, die SPECTRE zurückgelassen hat.
Das waren die Attentäter in Heathrow.

… Shit.
Sie haben zweimal versucht, mich zu töten. Wir haben Cullen. Wenn Hawkwood sich treu bleibt, können wir mit einer entsprechenden Reaktion rechnen, vermutlich in den nächsten 48 Stunden.

Ich könnte jemanden gebrauchen, von dem der MI5 nicht ahnt, dass er dem MI6 behilflich ist.
Wenn Sie dabei sind, dann ganz. Gefragt wird später. Also regeln wir das zusammen.

Zusammen. Cheers.

Und, soll ich Sie mitnehmen?
Wir sollten das vielleicht professionell angehen, Miss Sharma.
Genau. Dann zu mir.

Und Moneypenny hat mich nicht herge-fahren.

Es wird Zeit.

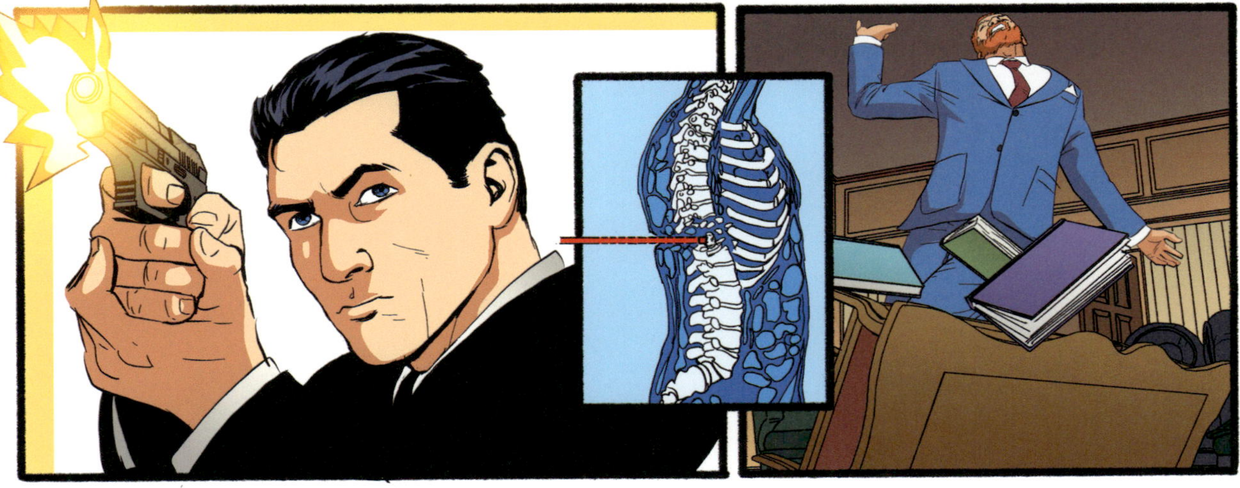

Scheiß drauf--

Verdammt-- keine freie-- was zum Henker macht er?
Sind alle okay?

Ja, alle sind okay.

Schnappen Sie sich den Kerl.
Sir.

Verflucht.

… sieht nicht schlimm aus, tut aber echt weh…
Es sieht grässlich aus.
… sag ich ja.

James! Der Peilsender im Wagen ist noch aktiviert!

Peil-sender?
Wir mussten unsere Ankunft koordinieren. Unser Auto hat einen Peilsender, damit James wusste, wo wir sind.
Eve braucht Hilfe.

-- nein, es gab ziemlich beschissen große Probleme.
Ich muss das Auto wechseln. Jemand soll in Kennington einen Wagen für mich bereitstellen.
Und wir öffnen den Einsatzort Codename CROWN COURT.

Nein. Ich bin jetzt Eidolon. Nur ich.
Wir werden alle bezahlt. Heute.

Mit einem Bentley ins Gelände. Echt 'ne Schande--

30
Welcome to
WINNERDEN
Please drive carefully
REDUCE

30
Welcome to
WINNERDEN
Please drive carefully
REDUCE

CROSS
85
Die Polizei schützt den MI6 vor den Machenschaften des MI5. Verrückte Zeit, 007.

Hawkwood ist auf der Flucht. Aber er ist das letzte Mitglied der Eidolon-Zelle. Was kann er allein schon ausrichten?
Denken Sie nach. Er ist nicht allein.

Birdwhistle hat bewiesen, dass er auf einen Haufen Geld zugreifen kann, das im Laufe der Jahre gestohlen und in Kanäle geschleust wurde, die nur er anzapfen kann.
Er wirbt Söldner an. Der Box Tunnel war wohl kaum sein einziges Waffenlager.
Mein Gott. Das könnte noch zu einem Putsch ausarten.

SPECTRE wollte die Paranoia und die politische Lage ausnutzen. Und das ist bereits geschehen.
Die wirkliche Frage ist wohl: Geht Hawkwood in dieser Sache auf? Was unternimmt er als Nächstes?
Nicht im Auto, Mann.

Okay, schauen wir mal nach.

Ja, genau. Ich will das nicht hier postieren, um dann festzustellen, dass es von ein paar Rotznasen geklaut wurde.
Okay.
Das ist CROWN COURT, ja?
Yeah, aber was IST das?

Eine sogenannte volumetrische Vakuumbombe.
Wurde zuletzt in Syrien eingesetzt. Ziemlich fieses Ding.
Da ist ein großes Stück Land, das du nicht besonders magst? Kein Problem…

Man stellt einfach die kleine Bombe dort ab und zündet sie.

kapitel zwölf

Heft #12 Cover von **DOM REARDON**

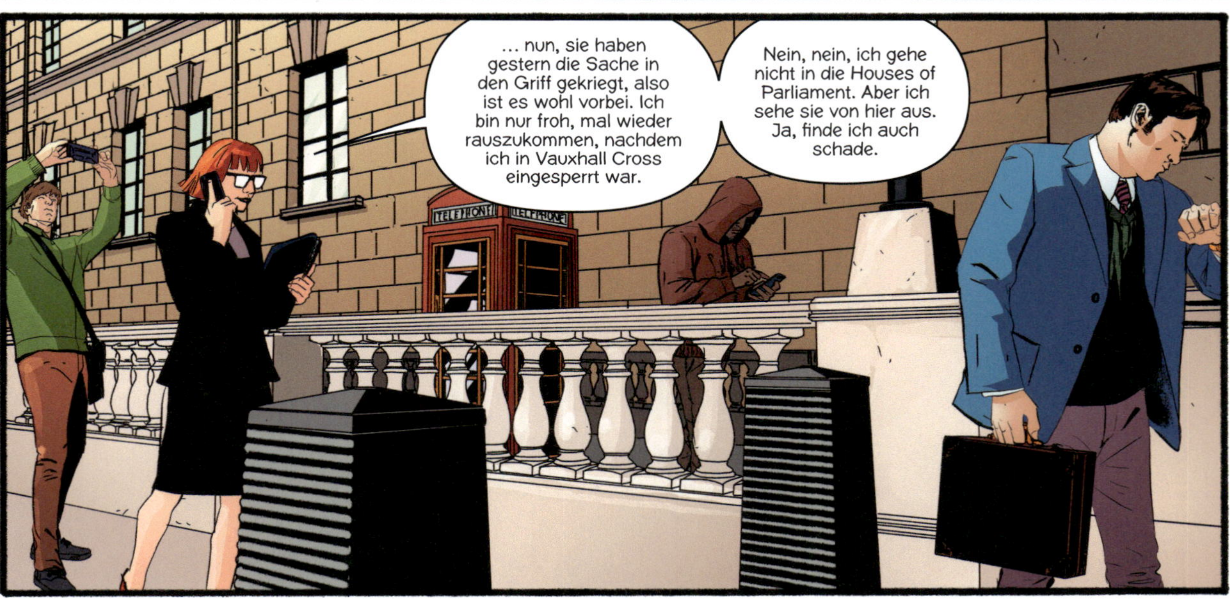
… nun, sie haben gestern die Sache in den Griff gekriegt, also ist es wohl vorbei. Ich bin nur froh, mal wieder rauszukommen, nachdem ich in Vauxhall Cross eingesperrt war.
Nein, nein, ich gehe nicht in die Houses of Parliament. Aber ich sehe sie von hier aus. Ja, finde ich auch schade.
TELEPHONE
TELEPHONE

Nein, ich muss um die Ecke ins Portcullis House. Anscheinend arbeiten die Abgeordneten vor allem da.
Ich muss vor ein paar ausgewählten Leuten aussagen und ihnen meine Beweise zeigen. Echt öde.

Yeah, eine Schande, ich weiß. Ich wette, da drin ist es klasse. Angeblich gibt's da eine Stelle, an der sich eine der Suffragetten versteckt hat, und Tony Benn hat eine Tafel--
CHURCHILL
Sei mal kurz still. Braver Junge. Da ist jemand--

Oh.
Oh Shit.
Oh nein.

James! Hier Cadence! Ich hab ihn gesehen!
Hawkwood!

Wo sind Sie?
Great George Street, in der Nähe des Portcullis House. Er stand vorm House of Parliament und war am Handy.
Gehen Sie weiter zum Portcullis House.

Wo sind SIE?
Etwa zweihundert Meter entfernt. Ich bin Ihnen gefolgt.

Heißt das, Sie stalken mich?
Blödsinn, ich bin zu Ihrem Schutz da. Sie wollten kein Auto nehmen, aber wir müssen trotzdem auf Sie aufpassen.
CADENCE

Sie sind zu weit weg.
Ich habe zwei Leute direkt in Ihrer Nähe. Gehen Sie einfach weiter zum Portcullis House.

Verstanden.

Habe gleich Kontakt.

Nng…

Oh Gott,
oh Gott,
oh Gott…

Miss Birdwhistle. Gehen Sie einfach weiter zum Portcullis House. Wir machen das.

UNDERGROUND
WESTMINSTE
Geben Sie auf. Sofort.

Da krieg ich Angst.

WESTM

Himmel.

Cadence Birdwhistle, MI6… Beckett Hawkwood wollte mich gerade töten…
Wer?
Schlagen Sie einfach Alarm, verflucht!

SUPER

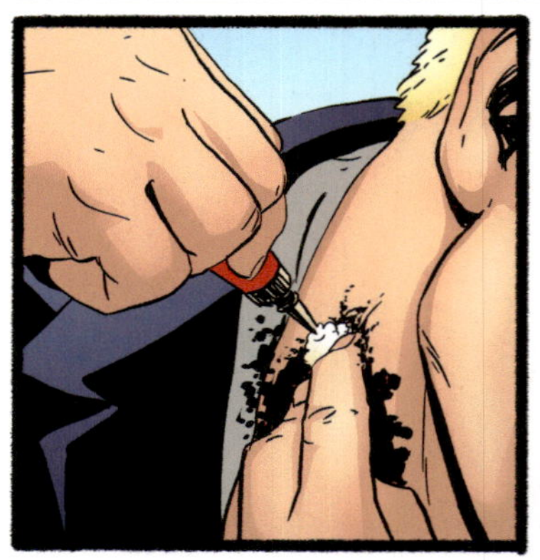

Oi! Hier drüben, Mann!

-- ja, schön, dass die Gegend so schnell abgeriegelt wurde, aber ich muss trotzdem durchfahren können, also geben Sie ihnen Bescheid--

-- halt. Ich habe Hawkwood gesichtet. Er steigt ins Taxi.

Bleibt da! Sie werden das Parlament absichern. Wir kommen nicht dicht genug ran.
Wir treffen uns am Abbruchpunkt. Checkt die Bombe noch mal.

Was ist denn los? Brechen wir ab?
Nein. Neuer Plan.
Wir haben keine Zeit für einen neuen Plan, Boss. Wir haben monatelang dafür geübt, bevor gestern alles den Bach runterging--

STUDIO

Kontakt. Er hat zwei Komplizen-- halt--

AAAAGG

Auf der Ladefläche des Lasters… das sieht mir verdammt nach einer Aerosolbombe aus. Und er hat seine beiden Komplizen getötet.
Ich nehme die Verfolgung auf. Rufen Sie ein Bombenkommando. Und bewaffnete Polizeikräfte…

Er umfährt das abgeriegelte Gebiet, steuert Richtung Süden. Er muss die heutigen Sicherheitsmaßnahmen am Parlament ausgespäht haben und ließ dann die Bombe herkommen, aber…
Wo zum Teufel will er hin?

Oh.
Oh, jetzt versteh ich. Vauxhall Bridge.
Versetzen Sie Vauxhall Cross in Alarmbereitschaft.

Er hat es auf UNS abgesehen.
Er fährt die Bombe direkt zum MI6.

Und ich dachte, auf Airbags könnte man sich verlassen--

Dreckskerl--

AAA

Ffff--

HONE

Ich lass mich nicht gern ansehen. Glück für Sie.

Sie werden nach-lässig.

Mein Gesicht wurde für den Staat weggebrannt und ich hab nichts gekriegt.

Ich bin nicht kompliziert. Ich habe keinen gigantischen Superschurkenplan. Ich will einfach nur bezahlt werden.

Wenn ich den Staat vergifte, werde ich bezahlt. Und wenn ich ihn beseitige, vermutlich auch.

Aber Sie bringe ich um, weil Sie mir verdammt noch mal auf die Nerven gehen.

Das… behindert mich höchstens etwas. Sie werden hier trotzdem sterben. Ich beende meinen Job.
Ich lasse euren Laden hochgehen. Eidolon kriegt, was es will. Und ich kriege--

Polizei und Security Service sind gleich da, Mr. Hawkwood.
Sie verlieren. Und in den nächsten paar Sekunden ist das Spiel zu Ende.
Aber im Moment weiß noch keiner, was hier passiert ist.

Wir haben einen Kriegshelden. Und eine Bombe. Niemand muss wissen, dass Sie so verbittert waren, dass Sie für Geld alles getan hätten.
Es kommt nur noch darauf an, was ich den Leuten erzähle.
Verstehen Sie?

Nein.
Sie können als Held sterben und respektiert werden. Oder Sie leben als Verbrecher, Terrorist, Versager und Verräter.
Sie sind ein tapferer Mann. Sie wissen, was Sie zu tun haben.

Und Sie? Was machen Sie?
Ich werde zusehen.

Sagen Sie ihnen, sie hätten mich anständig behandeln sollen.

Nein.

IAN FLEMING'S
JAMES BOND 007™
HAMMERHEAD
STORY:
ANDY DIGGLE
ZEICHNUNGEN:
LUCA CASALANGUIDA
AGENT 007 VS. KRAKEN, EINEM RADIKALEN ANTI-KAPITALISTEN, DER ES AUF ENGLANDS NEU AUFGERÜSTETES NUKLEARES ARSENAL ABGESEHEN HAT.
ABGESCHLOSSENER FALL VON 007 IN EINEM BAND.
LIEFERBAR AB MAI 2017
EXKLUSIV BEI SPLITTER
Ian Fleming™
IAN FLEMING PUBLICATIONS LIMITED
James Bond and 007 are trademarks of Danjaq, LLC, used under license by Ian Fleming Publications Ltd. All Rights Reserved. The Ian Fleming Logo and the Ian Fleming Signature are both trademarks owned by The Ian Fleming Estate and used under licence by Ian Fleming Publications Ltd. www.ianfleming.com. DYNAMITE, DYNAMITE ENTERTAINMENT and its logo are ® & © 2017 Dynamite. All Rights Reserved.

COMING SOON

DIE FELIX LEITER STORY. GESCHRIEBEN VON EISNER AWARD-SIEGER **JAMES ROBINSON** IN ANBINDUNG AN WARREN ELLIS' JAMES BOND!

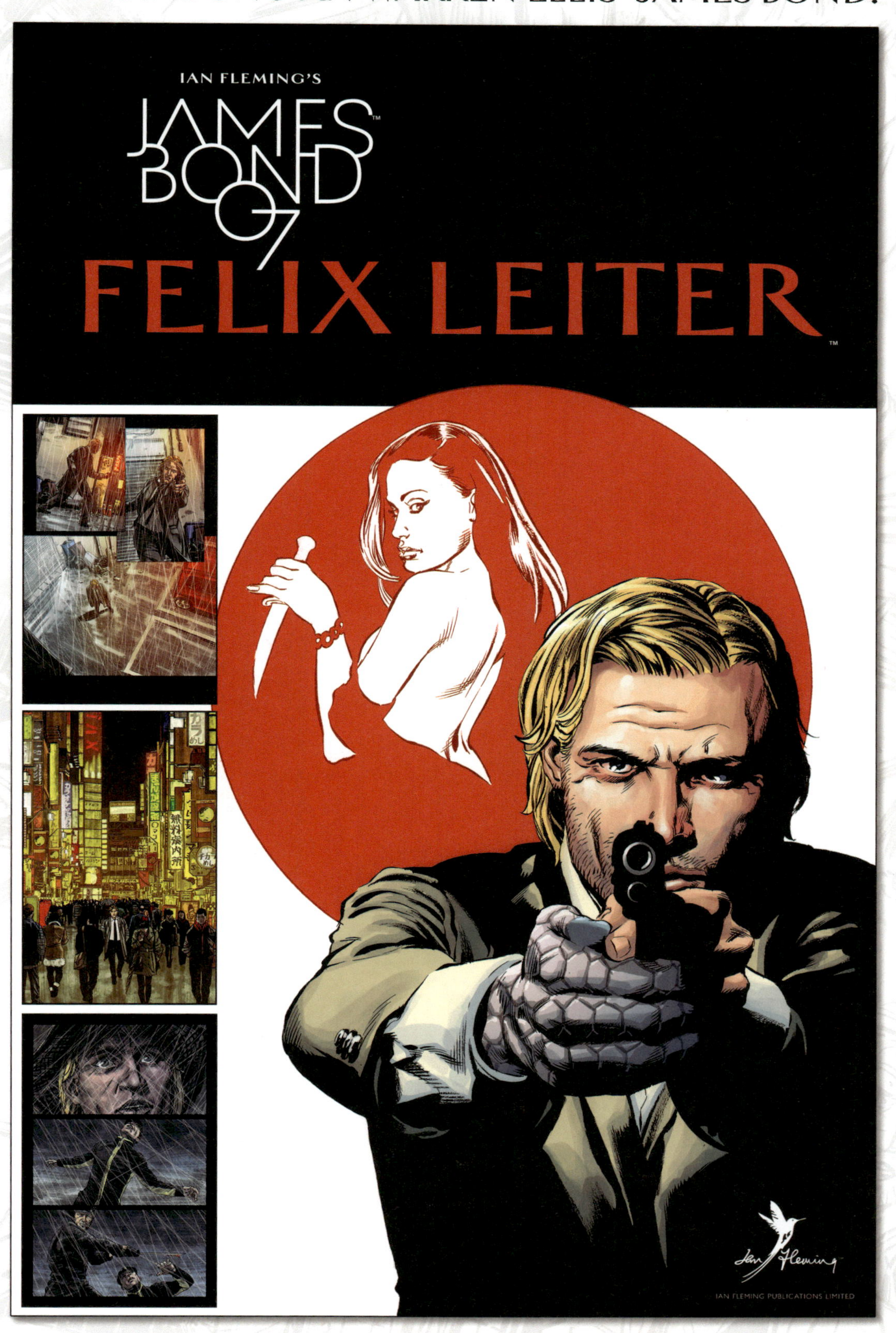

GEZEICHNET VON **AARON CAMPBELL**

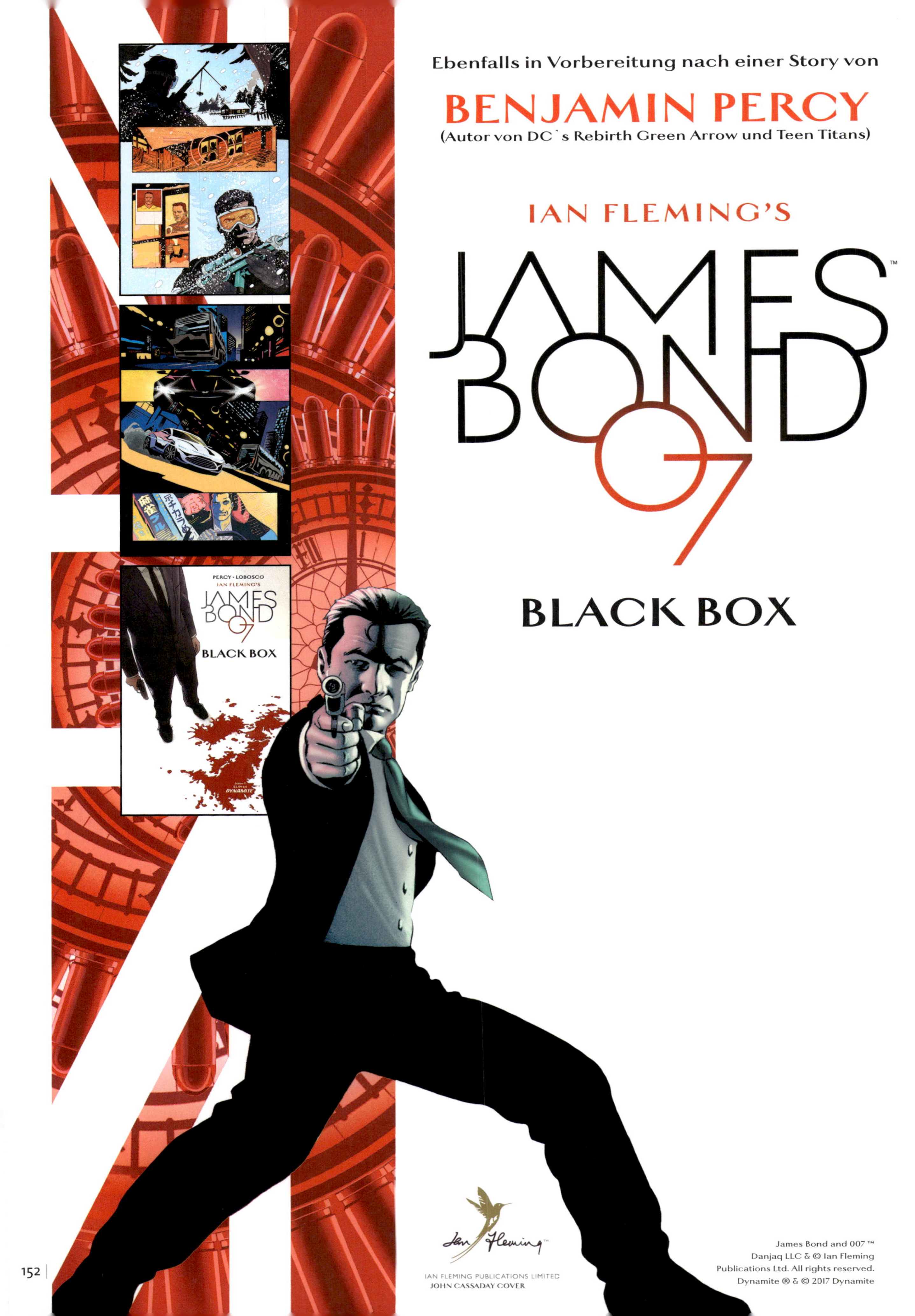
Ebenfalls in Vorbereitung nach einer Story von
BENJAMIN PERCY
(Autor von DC`s Rebirth Green Arrow und Teen Titans)
IAN FLEMING'S
JAMES BOND 007
BLACK BOX
PERCY · LOBOSCO
IAN FLEMING'S
JAMES BOND 007
BLACK BOX
IAN FLEMING PUBLICATIONS LIMITED
JOHN CASSADAY COVER

TELEPHONE
TELEPHONE

JASON MASTERS ERLÄUTERT DAS SCHLUSSKAPITEL VON JAMES BOND: **EIDOLON**

Für das amerikanische Webportal »Bleeding Cool« gab Jason Masters einen ausführlichen Kommentar zu jeder Seite des letzten Heftes ab. Diese interessanten Anmerkungen von ihm hat er uns freundlicherweise für diese limitierte Ausgabe zur Verfügung gestellt. Auf den folgenden Seiten kann also jeder in die Gemütslage eines Comiczeichners eintauchen. Viel Spaß dabei.

SEITE 01

Kurz bevor ich mit dem letzten Kapitel begann, schickte mir Warren [Ellis] einen Link zu Google Maps, denn er hatte genau festgelegt, wo der Showdown der Geschichte stattfinden würde. Das erwies sich als sehr hilfreich, denn so hatte ich durch Street View gleich den Zugriff auf alles nötige Material. Es ist praktisch, wenn der Ort, den man als Schauplatz vorgesehen hat, dicht bevölkert ist, denn die verrückten Roboter, die für Google die Archivierung des Bestehenden erledigen, scheinen dort weitaus gründlicher zu arbeiten als sonst. Das einzig Negative an so viel Referenzmaterial ist, dass es nun auch Beweise dafür gibt, wie falsch die eigenen Hintergrundbilder sind, wenn man mal schummelt.

Ich fand es klasse, dass Warren das Finale von »Eidolon« in London angesiedelt hat, in einer Stadt also, die integraler Bestandteil des Bond-Universums ist. Aber meine Begeisterung endete, als ich die Houses of Parliament und Westminster Abbey zeichnen musste.

James Bond bereist die ganze Welt und knallt Leute ab, und für mich sind seine Geschichten manchmal ultrabrutales Sightseeing an wunderschönen Orten. Schauplätze sind in Bonds Welt ebenso Persönlichkeiten wie die Menschen, die sie bevölkern. Erst recht, weil er die Eigenarten von Schauplätzen oft benutzt, um seine Feinde auszuschalten.

Auf dieser Seite taucht die Frau mit dem herrlichen Namen Cadence Birdwhistle wieder auf, und sie geht die Great George Street Richtung Portcullis House hinauf. Ich habe Cadence als Mischung aus dem Model Coco Rocha und meiner wunderschönen Frau angelegt. Ich bin mir allerdings nicht sicher, ob sie es schmeichelhaft fand, nun auf der langen Liste von Bonds Eroberungen zu stehen.

CHURCHILL

SEITE 02

Für diesen speziellen Teil von London könnte ich mich vermutlich als Touristenführer über Wasser halten. Wer es genau wissen will, im ersten Panel befindet sich gegenüber von Cadence, auf der anderen Straßenseite, der Houses of Parliament-Shop. Hier bekommt mal alle Big Ben-Andenken, die man sich nur vorstellen kann.
Aber Cadence hat fürchterliches Pech. Gerade hat sie den Parliament Square Garden bewundert, und plötzlich sieht sie den Mann, der sie schon mehrfach umbringen wollte.

SEITE 03

Hawkwood gefällt mir als Schurke, denn er ist clever, engagiert und auf physischer Ebene eine Naturgewalt. Ich weiß nicht, was Warren im Sinn hatte, als er ihn sich ausdachte, aber für mich vereint Hawkwood die beiden archetypischen Bond-Schurken in einer Person, denn er verfügt über Hirn- und Muskelschmalz zugleich. In den vorherigen Kapiteln trug er einen Porkpie-Hut als Ode an Handlanger wie Odd Job. Und ich hätte ihm auch eine Melone verpasst, wären mir Popeye Doyle und das Ensemble aus »French Connection« nicht so sehr ans Herz gewachsen.

Heft #12 Seite 03

SEITE 04

Bereits im zweiten Bild auf der ersten Seite des Schlusskapitels taucht der heimliche Leibwächter von Cadence auf, der Mann im braunen Hoodie. Seither ist er in ihrer Nähe. Ich habe das nicht sehr subtil gemacht, aber im Grunde sollten die Leser es erst im letzten Bild auf dieser Seite merken, wenn er von Bond kontaktiert wird und umkehrt, um Hawkwood abzufangen.
Bond scheint übrigens einen endlosen Vorrat an Bentleys zu haben, denn fast immer, wenn er sie benutzt, gehen sie auch zu Schrott. Ich nehme an, das ist eine Anspielung auf Bonds Bentley Blower, der im Roman »Casino Royale« zerstört wird.

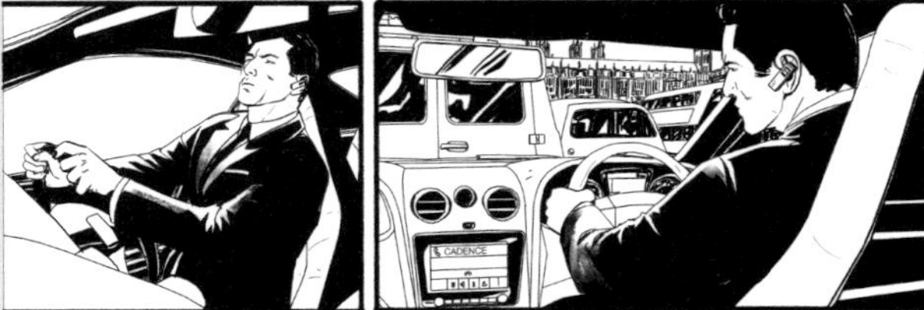

Heft #12 Seite 04

Heft #12 Seite 05

Heft #12 Seite 06

SEITE 05

Wir wissen vermutlich alle, dass es längst nicht so einfach ist, jemandem das Genick zu brechen, wie es in Filmen manchmal aussieht. Aber Hawkwood ist ziemlich kräftig und ein hochqualifizierter Soldat, also kann ich gut damit leben, dass diese Technik quasi sein Markenzeichen ist. Sie ist brutal effizient, genau wie er. Der MI6 muss unter erheblicher Mitarbeiterfluktuation leiden.

SEITE 06

Westminster Station befindet sich etwa auf Zweidrittel der Wegstrecke zum Portcullis House. Wer London kennt, weiß, dass Cadence noch ein ganzes Stück vor sich hat, bevor sie den Eingang des Gebäudes erreicht und in Sicherheit ist.
Im letzten Bild nimmt Hawkwood aus verschiedenen Gründen die Mütze ab. Als Soldat betrachtet er jede Konfrontation wie eine Reihe von Schachzügen. Das Absetzen der Mütze dient dazu, seinen Gegner abzulenken. Und gleichzeitig bringt er die linke Hand für seine nächste Aktion in die richtige Position: den Schlag an die Kehle.

SEITE 07

Ich liebe es, funktionelle Kampfszenen zu choreografieren, und Warren schreibt sie einfach großartig. Jede Bewegung, die er beschreibt, dient dem Zweck, dass Hawkwood das Hindernis auf seinem Weg beseitigt. Im vierten Bild hat er es eigentlich bereits geschafft und könnte die Verfolgung von Cadence fortsetzen. Aber er beschließt, sein Opfer zu töten, nur zur Sicherheit.
Irgendwie habe ich das Gefühl, dass Warren bei geselligen Treffen manchmal darüber nachdenkt, wie er die Menschen um sich herum am besten los wird. Als Denksport, sozusagen.

WESTM

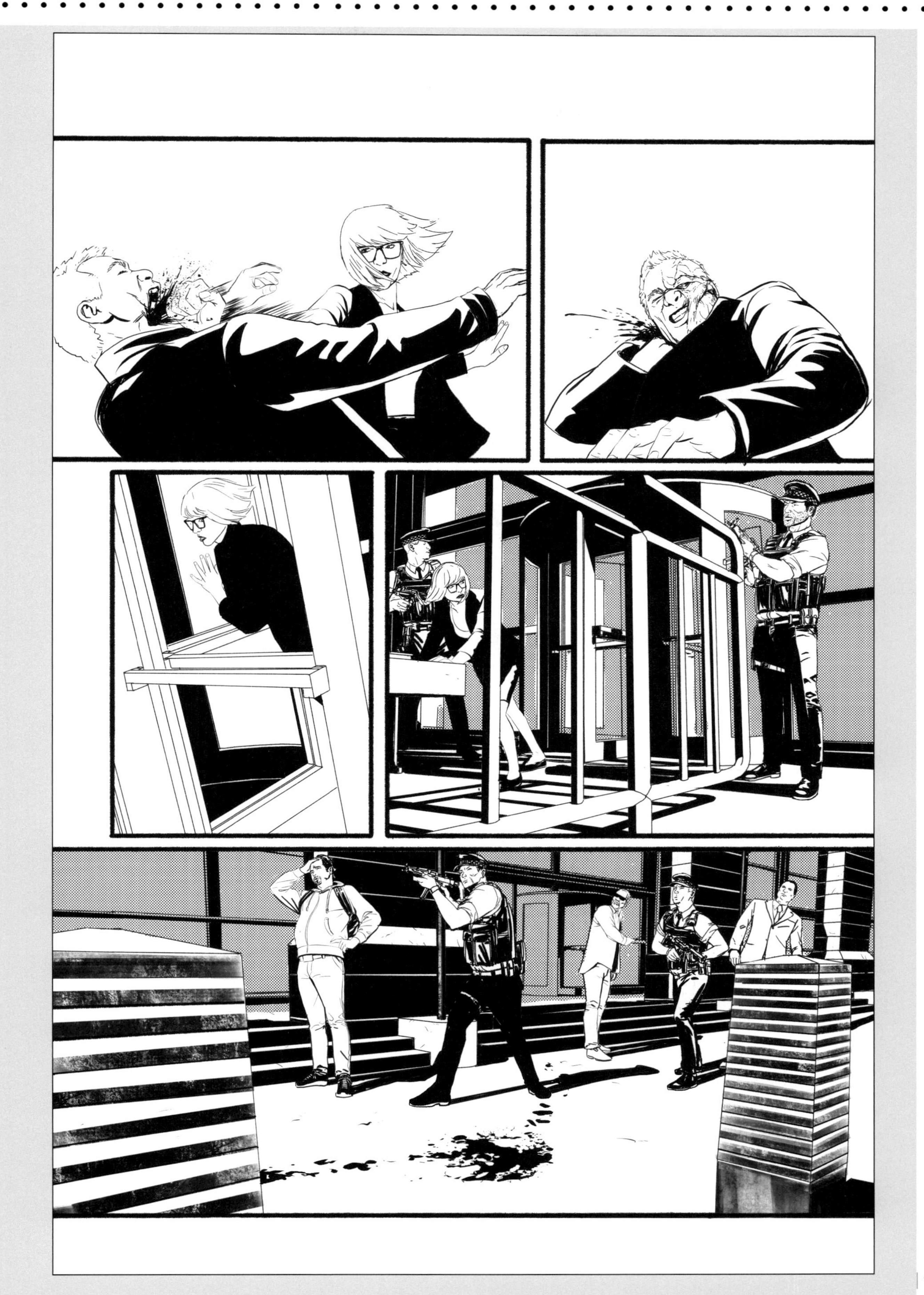

Heft #12 Seite 10

Heft #12 Seite 11

SEITE 08 & 09

Inzwischen hat Cadence es bestimmt satt, dass man ihr ständig nach dem Leben trachtet, und es gefällt mir, dass sie sich selbst rettet. Ich kann mir gut vorstellen, wie sie auf der Flucht darüber nachdenkt, was sie alles bei sich hat und was davon als Waffe benutzt werden kann. Und dann fällt ihr der Stift ein. Hawkwoods geschockte Reaktion zeigt deutlich, dass er sie unterschätzt hat. Cadence ist wirklich traumhaft.

SEITE 10–12

Sekundenkleber ist ein Cyanacrylat und wurde früher erfolgreich in Feldlazaretten eingesetzt, speziell an abgelegenen Kriegsschauplätzen. Ich würde vom allgemeinen Gebrauch aber abraten, weil das Zeug doch ziemlich giftig ist.

Bei diesem Teil von London habe ich etwas gepfuscht. Zum Glück gibt es hier keine berühmten Gebäude, und daher konnte ich improvisieren. Aber generell sehen die ruhigen Gebiete von Central London etwa so aus, wie das, was ich hier gezeichnet habe.

Man sollte annehmen, dass Hawkwood mittlerweile genug vom Töten hat, aber ich schätze, wenn die Handlanger einfach nicht kooperieren, muss man sie wohl ersetzen.

Wenn man mit Warren zusammenarbeitet, lernt man außerdem immer etwas dazu. Ich hatte vorher noch nie von einer Vakuumbombe gehört. Auf der Ladefläche des LKWs befindet sich eine Waffe, deren Sprengkraft einer Atomexplosion nahekommt, aber ohne die lästige Strahlung. Sind Menschen nicht wunderbar?

STUDIO

SEITE 13

Ich musste mir beim Zeichnen ständig vergegenwärtigen, auf welche Seite das Lenkrad der Autos in »VARGR« und »Eidolon« gehört. Klingt vielleicht blöd, aber ich denke immer, dass es die Leser aus der Geschichte reißt, wenn ich das verkehrt mache. Ganz besonders, wenn man in der Stadt, in der sie spielt, gelebt oder gearbeitet hat.

SEITE 14

Auf den nächsten paar Seiten habe ich ein paar alte Bond-Autos eingebaut. Es ist ziemlich offensichtlich, aber ich hoffe, es lenkt nicht ab. Ich dachte mir, wenn ich schon Autos zeichnen muss, sollte ich wenigstens Spaß dabei haben.

Inzwischen müsste ich das SIS- (oder MI6-) Gebäude (4. Bild) eigentlich aus dem Gedächtnis zeichnen können, schließlich ist es ziemlich schön, aber es ist jedes Mal echt mühsam.

SEITE 15

Und wieder muss ein Bentley dran glauben.

Das ist ein schönes Beispiel dafür, wie Bond seine Umgebung zu seinem Vorteil nutzt. Es wirkt sehr kalkuliert, wie er den LKW von der Straße drängelt und dann mit seinem eigenen Wagen den Fluchtweg abschneidet. Er weiß, dass diese Straße eine Sackgasse ist und will die Angelegenheit unbedingt hier zu Ende bringen. Übrigens ist das eine echte Sackgasse, die kurz vor der Vauxhall Bridge liegt. Und, hey, es tauchen zwei weitere Bond-Autos auf!

Heft #12 Seite 14

Heft #12 Seite 15

SEITE 16

Das war beim Zeichnen eine meiner Lieblingskampfszenen. 007 kann den Kampf zwar nicht aufgrund seiner eigenen Physis gewinnen, aber er gibt sich reichlich Mühe. Es ist hier nicht so deutlich wie an einigen früheren Stellen im Comic, aber wenn eben möglich, lasse ich Bond Box- und Judo-Techniken einsetzen. Ian Fleming erwähnte beide Kampfstile in den Büchern und das kam mir entgegen, um die Palette der Gewaltanwendung etwas einzugrenzen.

SEITE 17

Vielleicht habe ich da eine sadistische Veranlagung, aber es erfüllt mich mit diebischer Freude, wenn ich zeichnen darf, wie der Held meiner Comics verprügelt wird. Unbarmherzigkeit ohne Folgen verliert auf Dauer ihre Wirkung. Die Kämpfe der Figuren sollten Narben hinterlassen, das bereichert die Geschichte ungemein.

SEITE 18-19

Hawkwood ist so darauf bedacht, Bond – den Stachel in seinem Fleisch – loszuwerden, dass er gar nicht merkt, dass er am Ende ist. Es gefällt mir, dass Warren diese aussichtslose Situation wie bei einem Western einfädelt. Bond klopft sich kurz den Staub ab und dann versucht er es erneut. Für mich ist es auch sehr befriedigend, dass der Showdown in einer ganz normalen Seitenstraße von London stattfindet. Es ist bodenständig, schmutzig und sehr realistisch.

Heft #12 Seite 19

SEITE 20

Vielleicht erkennt der eine oder andere Leser das Messer aus »VARGR«. Es ist das Messer, das Moneypenny ihm gab, als man ihm seine Walther P99 abnahm.

Es war relativ schwierig, Hawkwood mit verschiedenen Gesichtsausdrücken zu zeichnen, weil man nur eine Hälfte des Gesichts zur Verfügung hat. Die Hälfte seines Mundes war durch die Narbe immer zu einer Grimasse verzerrt, aber es war eine tolle künstlerische Übung.

SEITE 21

Einen zusammengeschlagenen Bond zeichne ich am liebsten. Wahrscheinlich wurde ihm ein Jochbein gebrochen, aber das hindert ihn nicht daran, seinen Job zu erledigen. Nichts hat funktioniert, weder Kanone noch Fäuste oder Messer. Es wird Zeit, die Sau rauszulassen.

SEITE 22

Das ist die einzige Seite der Serie, auf der 007 das Hemd aus der Hose hängt. Wenn er sonst den Anzug trägt, ist der oberste Knopf des Jacketts stets geschlossen und das Hemd steckt säuberlich in der Hose. Aber ich dachte, angesichts der Härte des Kampfes kann ich ihm diese Nachlässigkeit mal durchgehen lassen. Meine Güte, schließlich musste er sogar zu psychologischer Kriegsführung greifen, um zu gewinnen. Selbst ein Messer konnte es nicht richten.

A
B
D
E

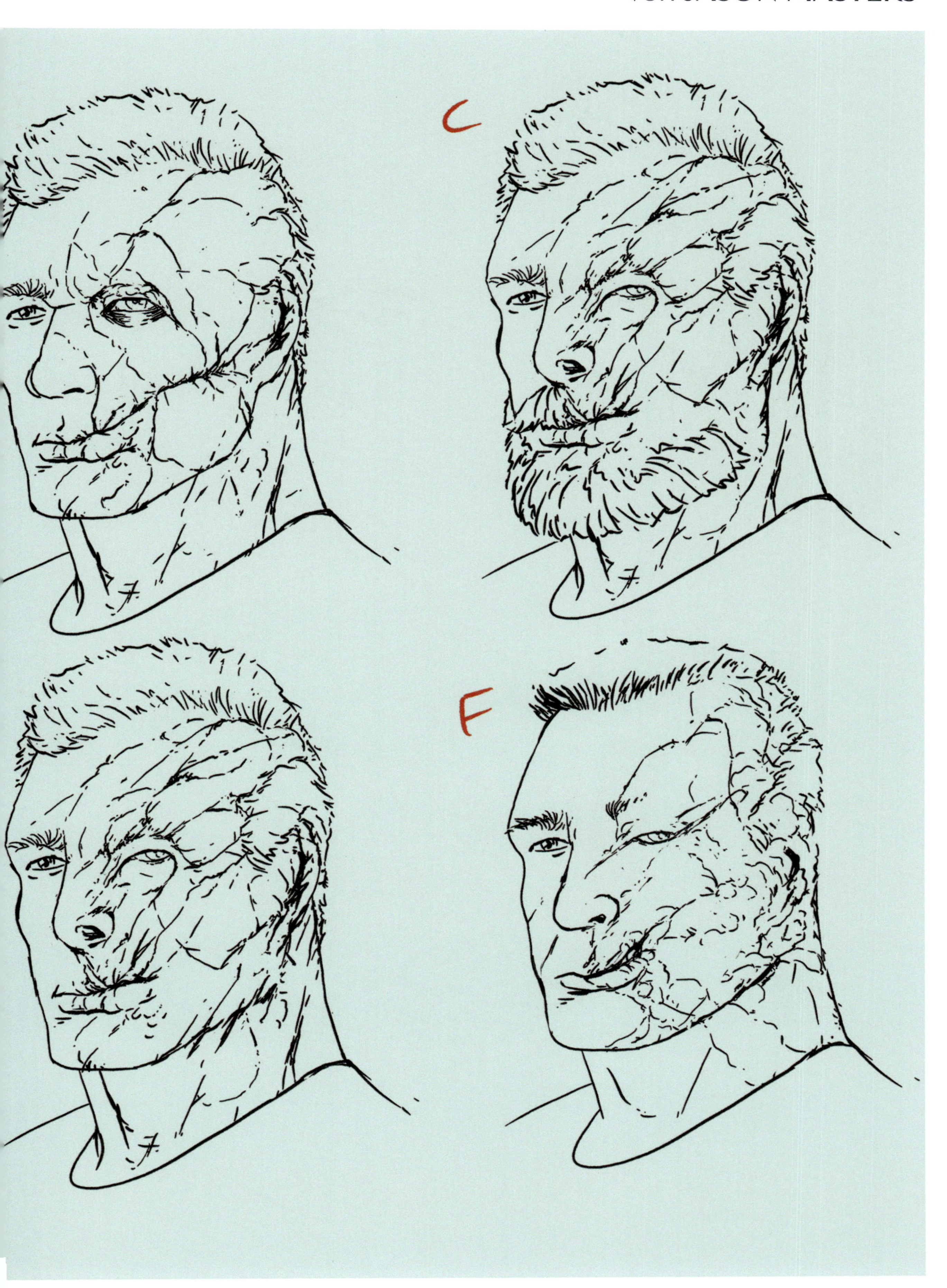
C
F

Birdwhistle